ARS et VITA

EDITORA ARS ET VITA
Ars et Vita Ltda
Av. do Contorno, 7041-101. Lourdes CEP: 30.110-043
Belo Horizonte – MG Brasil
www.arsetvita.com

Copyright © Editora Ars et Vita Ltda., 2022
Poemas © Guilherme Gontijo Flores, 2022
Desenhos © François Andes, 2022
Tradução © Emilie Audigier, 2022

Título original:
Entre costas duplicadas desce um rio

Capa, projeto gráfico e editoração eletrônica
Marcello Kawase

Revisão:
Luiz Gustavo Carvalho

1ª edição – 2022

Dados Internacionais de Catalogação na Publicação (CIP)
(Câmara Brasileira do Livro, SP, Brasil)

Flores, Guilherme Gontijo, 1981 / Andes, François, 1969

Entre costas duplicadas desce um rio = Entre deux échines descend un
fleuve / Guilherme Gontijo Flores / François Andes ; [tradução: Emilie
Audigier]. -- Belo Horizonte : Ars et Vita, 2022.

ISBN: 978-85-66122-12-1

1. Poesia brasileira I. Flores, Guilherme Gontijo II, Andes, François. III.
Título.

22-100054   CDD-B869.1

Índices para catálogo sistemático:

1. Poesia : Literatura brasileira B869.1

Maria Alice Ferreira - Bibliotecária - CRB-8/7964

**Entre costas
duplicadas
desce um rio**

**Entre deux
échines
descend un fleuve**

**François Andes
Guilherme Gontijo Flores**

Publicado com o apoio do Labanque
Publié avec le soutien du Labanque

Entre costas
    duplicadas
        desce um rio,
            para quem?

Passagem entre o reino da vida e da morte, do Velho ao Novo Mundo, território de exploração infinita, muitas vezes carregando em si a origem da vida e podendo penetrar os mais inóspitos territórios, o H_2O é elemento perene nesta publicação e esculpe as páginas seguintes, nas quais a poesia de Guilherme Gontijo Flores conflui com a obra visual de François Andes.

Os seis desenhos e treze poemas apresentados neste volume tiveram a sua origem em um período de residência realizado entre novembro e dezembro de 2020, durante a 9ª edição do Festival Artes Vertentes — Festival Internacional de Artes de Tiradentes. A presença da água no município e na região, a rica biodiversidade ligada a este elemento, o Rio das Mortes e o simbolismo deste curso fluvial na história de Minas Gerais, estado cuja origem é estreitamente ligada ao mais ganancioso extrativismo mineral, foram os impulsos de um processo criativo que não se esquiva a navegar pelos meandros da arte para propor uma reflexão sobre *isso que ainda somos \ isso que tanto somos* — água.

Luiz Gustavo Carvalho, *curador*

Entre deux échines
descend un fleuve,
pour qui ?

Lieu de passage du monde des vivants à celui des morts, d'un monde ancien vers un monde nouveau, territoire d'exploration infini, portant en soi souvent les origines et pouvant seule pénétrer les territoires les plus inhospitaliers, le H_2O est un élément pérenne dans cette publication et sculpte les pages suivantes, dans lesquelles la poésie de Guilherme Gontijo Flores converge avec le travail visuel de François Andes.

Les six dessins et treize poèmes présentés dans ce volume trouvent leur origine dans une période de résidence réalisée entre novembre et décembre 2020, dans le cadre de la 9ème édition du Festival Artes Vertentes — Festival International d'Arts de Tiradentes (Minas Gerais, Brésil). La présence de l'eau dans la ville et dans la région, la riche biodiversité liée à cet élément, la Rivière des Morts et le symbolisme de ce cours fluvial dans l'histoire du Minas Gerais, état dont l'origine est étroitement liée à la plus cupide activité minière, ont été les impulsions d'un processus créatif qui n'hésite pas à naviguer par les méandres d'art pour proposer une réflexion sur *ce que nous sommes encore \ ce que nous sommes tellement*— l'eau.

Luiz Gustavo Carvalho, *curateur*

1

Esta cidade,
       mais que
   duas caras,
         duas costas
tem no tempo;
           vai voltada
    em duas frentes,
e nos fundos —
    laço de fio
    apagado
    na história,
        antisseixo
        inconsequente
        morro abaixo —
desce seu rio.

         Seu é modo
    de mesurar
água de rio,
        essa coisa
    puramente
        de ninguém.
(Entre costas
    duplicadas
        desce um rio,
           para quem?)

    Bicho bifronte
e desatento,
    cidade em
   praça estanque,
    quando verá
        essa medula
   entre montes,

1

Cette ville
　　　a plus de
　　deux faces,
　　　　　deux échines,
dans le temps ;
　　　　　toute adossée
　　sur deux versants,
et au fond —
　　　lacet de fils
　　effacé
　　dans l'histoire,
　　　　antigalet
　　　　inconséquent
　　　　à toute allure —
descend son fleuve.

　　　　Son, ainsi
　　mesure-t-on
l'eau du fleuve,
　　　　　cette chose
　　purement
　　　　à personne.
(Entre deux échines
　　descend un fleuve,
　　　　　　pour qui ?)

　　Bête bicéphale
et imprudente,
　　ville sur
　　une place étanche,
　　　quand tu verras
　　　　cette moëlle
　　entre les monts,

rio de mortes
    que aquela
ponte das forras
        nunca cruzou,
    rio de fomes,
que os nomes
        dos mortos
    não guarda,
rio das horas
    que a carne
        dos dias
esquece?

fleuve des morts
          que ce
     pont des affranchies
                    jamais ne croisa,
          fleuve de faims,
          ne retient
                    le nom des morts,
fleuve des heures,
          oublié
                    par la chair
des jours ?

2

Aqua-or,
le cycle de lavages tourne,

or-aqua,
le cycle de lavages tourne,

or-or,
le cycle de lavages tourne,

aqua-aqua,
le cycle de lavages tourne.

Acqua-or, autres minéraux,
le cycle de lavages,

mystère de la fange
sur la peau.

Morne, morne,
tu meurs,

mystère de la fange,
sur les corps.

2

Água-ouro,
o ciclo de lavagens segue,

ouro-água,
o ciclo de lavagens segue,

ouro-ouro,
o ciclo de lavagens segue,

água-água,
o ciclo de lavagens segue.

Água-ouro, outros minérios,
o ciclo de lavagens,

mistério da lama
sobre a pele.

Morro, morro,
morres,

mistério da lama,
sobre os corpos.

3

Ἄριστον μὲν ὕδωρ,
Isso que tanto somos,
ἄριστον μὲν ὕδωρ,
isso que ainda somos,
ἄριστον μὲν ὕδωρ,
o coro entoa cego,
ἄριστον μὲν ὕδωρ,
o couro no curtume,
ἄριστον μὲν ὕδωρ,
olho de boi na noite,
ἄριστον μὲν ὕδωρ,
ecpirose negra,
ἄριστον μὲν ὕδωρ,
em sonho solo adentro,
ἄριστον μὲν ὕδωρ,
o vento, a carne, os nomes,

> me dê um nome novo
> *hydor*, hidro,
> hidrófoba feição
> do mesmo:

> > *melhor é a água, mas o ouro,*
> > *fogo aceso noite afora,*
> > *excede de riqueza.*

O vento, a carne, os nomes.
Ἄριστον μὲν ὕδωρ.
Em sonho solo adentro.
Ἄριστον μὲν ὕδωρ.
Ecpirose negra.
Ἄριστον μὲν ὕδωρ.
Olho de boi na noite.
Ἄριστον μὲν ὕδωρ.

Ἄριστον μὲν ὕδωρ,
Ce que nous sommes tellement,
ἄριστον μὲν ὕδωρ,
ce que nous sommes encore,
ἄριστον μὲν ὕδωρ,
aveugle le chœur entonne,
ἄριστον μὲν ὕδωρ,
le cuir à la tannerie,
ἄριστον μὲν ὕδωρ,
œil de bœuf dans la nuit,
ἄριστον μὲν ὕδωρ,
ecpirosis noire,
ἄριστον μὲν ὕδωρ,
en rêve à travers le sol,
ἄριστον μὲν ὕδωρ,
le vent, la chair, les noms,

> donne-moi un nouveau nom
> *hydor*, hydre,
> hydrophobe apparence
> du même :

> *l'eau est meilleure, mais l'or,*
> *feu allumé au bout de la nuit,*
> *déborde de richesse.*

Le vent, la chair, les noms.
Ἄριστον μὲν ὕδωρ.
En rêve à travers le sol.
Ἄριστον μὲν ὕδωρ.
Ecpirosis noire.
Ἄριστον μὲν ὕδωρ.
Œil de bœuf dans la nuit.
Ἄριστον μὲν ὕδωρ.

O couro no curtume.
Ἄριστον μὲν ὕδωρ.
O coro entoa cego.
Ἄριστον μὲν ὕδωρ.
Isso que ainda somos.
Ἄριστον μὲν ὕδωρ.
Isso que tanto somos.
Ἄριστον μὲν ὕδωρ.

Le cuir à la tannerie.
Ἄριστον μὲν ὕδωρ.
Aveugle le chœur chante.
Ἄριστον μὲν ὕδωρ.
Ce que nous sommes encore.
Ἄριστον μὲν ὕδωρ.
Ce que nous sommes tellement.
Ἄριστον μὲν ὕδωρ.

4

Toute la ville
se fait prison
à qui prétend
porter les saints
en bois creusé
dans sa poche :
au loin la colline
se fait muraille ;
à côté l'eau,
tranchée mobile ;
la garde royale
se tient dispersée.

La poudre luxe
qui s'envole d'ici
posé sur les poils
des chevaux
ou étalons,
l'or sur le cuir
dore les idées
de chaque cavalier,
l'or n'est pas
un simple métal,
il permute des mondes
dans la pousse verte,
un songe d'or
grandit dans l'esprit.

Croisée la garde,
sur la même route,
voilà le détour :
de la jument lavée
sur le sol recouvert
d'une toile en bas

4

Toda a cidade
se faz prisão
pra quem pretende
levar seus santos
do pau oco
no próprio bolso:
por trás o morro
se faz muralha;
ao lado a água,
trincheira móvel;
esparsa está
a guarda régia.

O pó riqueza
que aqui escapa
nos pelos vai
dos pangarés
ou alazões,
o ouro no couro
doura as ideias
de cada dono,
o ouro não é
mero metal,
permuta mundos
na verde muda,
um sonho d'ouro
medra na mente.

Cruzada a guarda,
na mesma estrada,
eis o desvio:
de égua lavada
no chão forrado
de lona ao rés

tombent peu à peu
des pépites d'or :
dans de l'eau lavée,
poussière d'or.

À chaque corps
lavé dans le fond
du fleuve autour ;
poches pleines
du poids du feu,
l'or exploité
de la terre trouble :

corps coi,
coincé au lit
du fleuve mort,
étrange plante
de tige aqueuse,
son écorce d'or,
sa branche affaissée.

Jument lavée,
fleuve des Morts
or du sommeil.

caem aos poucos
pepitas de ouro:
na água lavada,
poeira de ouro.

É cada corpo
lavado ao fundo
do rio em torno;
bolsos repletos
do peso do fogo,
do ouro lavrado
na terra turva:

corpo calado,
colado ao leito
do rio morto,
estranha planta
de caule aquoso,
seu casco d'ouro,
seu talo troncho.

Égua lavada,
rio das Mortes
ouro do sono.

5

Parte-se do banal das contagens que nos dizem pouco.
São colagens da vida.
São números vazios,
ou cheios,
ou entrementes.

Diz uma fábula norte-americana
Vinham dois peixinhos nadando juntos,
quando rolou de toparem com um peixe mais velho,
que vinha de lá nadando, acenou e disse:
"Dia, gurizada, que tal a água?"
E os dois peixinhos nadaram mais um tanto,
até que um deles olha pro outro e manda:
"Mas que diabo é água?"

Em cada grama de água
há cerca de 30.000.000.000.000.000.000
(leia-se trinta sextilhões)
de moléculas de água,
vulgo H_2O.
Segundo estimativas
o planeta chega a a ter
cerca de 1.260.000.000.000.000.000.000
(leia-se um sextilhão, duzentos e sessenta quintilhões)
de litros de água.
Recuso-me à conta final de moléculas,
não sei se tenho tempo pra pegar uma por uma.

Cerca de 71% da superfície da Terra
é coberta por água,
em estado líquido;
desse total,
97,4% está nos oceanos,
em estado líquido

5

Partons de la banalité des chiffres qui en disent peu.
Ce sont des collages de la vie.
Ce sont des numéros vides,
soit pleins,
soit en attendant.

D'après une fable nord-américaine
Deux petits poissons qui nageaient ensemble se promenaient
quand soudain ils se trouvèrent nez à nez à un poisson plus vieux,
qui nageait dans leur direction, les salua et dit :
"Salut les minots, l'eau est bonne ?"
Et les deux poissons de nager un peu plus,
jusqu'à ce que l'un d'eux regarde l'autre en s'exclamant :
"Mais que diable est l'eau ?"

À chaque gramme d'eau
on trouve environ 30.000.000.000.000.000.000.000
(lisez trente trilliards)
de molécules d'eau,
alias H_2O.
Selon les estimations
la planète peut contenir
environ 1.260.000.000.000.000.000.000
(lisez un trilliard deux cent soixante trillions)
de litres d'eau.
Je refuse de revenir sur le compte total de molécules,
je ne sais pas si j'ai le temps de les compter une par une.

Environ 71% de la superficie de la Terre
est recouverte d'eau,
à l'état liquide ;
de ce total,
97,4% se trouve dans les océans,
à l'état liquide

Apenas 2,6% das águas são doces;
delas, 1,8%
está inacessível nas geleiras;
delas, as águas subterrâneas
correspondem a 0,96%.
O mero vapor de água na atmosfera
ocupa 14 quilômetros cúbicos,
perfazendo 0,0009% do total.

A água-viva chega a ter
95% na primeira
metade do seu nome,
a melancia e o pepino
chegam a 96%.
Donde resulta que o pepino é mais água
que uma água-viva,
não necessariamente mais vivo,
enquanto não houver
porcentagem de vitalidade.

Ela constitui 93%
do peso corporal
de um recém nascido.
Em peso, o
macho adulto humano médio
tem aproximadamente 60% de água,
e a fêmea adulta média
tem aproximadamente 55%.
(Há que se considerar variação na porcentagem
segundo idade, saúde, ingestão, peso e sexo.)
2/3 dessa água
estão no fluido intracelular,
1/3 dessa água
está no fluido extracelular.

Seuls 2,6% de ces eaux sont douces ;
parmi ces dernières, 1,8%
est inaccessible dans les glaciers ;
parmi ces dernières, les eaux souterraines
correspondent à 0,96%.
La simple vapeur d'eau dans l'atmosphère
occupe 14 kilomètres cubes,
complétant 0,0009% du total.

La méduse peut contenir jusqu'à
95% d'eau dans son corps,
la pastèque et le concombre
peuvent en contenir 96%.
D'où le fait que le concombre a plus d'eau
qu'une méduse,
mais pas fondamentalement plus vivant,
tant qu'il n'existe pas
de pourcentage de vitalité.

Elle constitue 93%
du poids
d'un nouveau-né.
Le poids moyen d'un
humain mâle adulte
possède environ 60% d'eau,
et celui d'une femelle adulte
environ 55%.
(Il faut considérer que le pourcentage varie
selon l'âge, la santé, l'alimentation, le poids et le sexe).
2/3 de cette eau
se trouvent dans le liquide intracellulaire,
1/3 de cette eau
se trouve dans le liquide extracellulaire.

Em um adulto, o esqueleto
representa cerca de 14%
do peso corporal total,
e metade desse peso é água.

Devemos beber cerca de 2,5l
de água diariamente,
mas não dizem se depende
da nossa massa total,
se sou macho ou fêmea,
humana, humano,
mediane.

O resto, pela conta,
o que não me parece eu,
suor, urina, lágrima,
isso que só me é
quando excretado,
eu outrado, eu largado,
o resto é sal de nós.

Be water, my friend,
diz o célebre adágio
sino-americano:
eu sempre fui, *my friend:*
peixes que somos,
água-viva fora d'água,
água-vivo, água vivemos.

Chez un adulte, le squelette
représente environ 14%
du poids total de son corps,
et l'eau représente la moitié de son poids.

Nous devons boire environ 2,5 l
d'eau chaque jour,
mais il n'est pas dit qu'elle dépende
de notre masse corporelle totale,
si je suis mâle ou femelle,
humaine, humain,
médian.e.

Le reste, d'après les comptes,
ce qui ne me semble pas être
sueur, urine, larme,
ceci qui ne m'est
qu'excrété,
moi autré, moi largué,
le reste est notre sel.

Be water, my friend,
dit le célèbre adage
sino-américain :
j'ai toujours été, *my friend* :
les poissons que nous sommes,
méduse hors de l'eau,
eau-vis, eau-vivons.

6

aux prémices les dieux faisaient
le feuleau et la terre
et la terre était un vain sol
et les trêves face à l'abîme
et le souffledieux se posait
face au suc-semence
des eaux   *mayim*

dirent les dieux
                (voici *ayvu rapyta*)
vienne une arcade
autour des eaux
séparer le suc des eaux
de la sémence des eaux

quand du haut apsû et tiamat
dans le chaos aqueux
doucesaléeentremelés

〰〰〰
〰〰〰
〰〰〰

les dieux firent l'arcade
en séparant le suc des eaux souslarcade
et la sémence des eaux surlarcade
et il fut ainsi

de lui-même un ciel existait
et la terre ne s'était pas encore montrée
il n'y avait que *remanik palo*
la mer plate
sous l'utérus du ciel
rien ne se rassemblait
tout calme
en silence sous le ciel

6

na primícia faziam deuses
o fogágua e a terra
e a terra era vão chão
e a treva na cara do abismo
e o soprodeuses pousava
na cara do sumo-sêmen
das águas   *mayim*

disseram os deuses
      (eis *ayvu rapyta*)
venha uma arcada
no cerne das águas
cindir o sumo das águas
do sêmen das águas

quando no alto apsû e tiamat
em caos aquoso
docesalsoentremeados

〜〜〜
〜〜〜
〜〜〜

fizeram os deuses a arcada
cindindo o sumo das águas sobarcada
e o sêmen das águas sobrearcada
e assim foi

por si só um céu existia
e a terra não dera a cara ainda
só havia *remanik palo*
o mar liso
sob o útero do céu
nada se ajuntara
tudo quieto
em silêncio sob o céu

seule la mer lisse et apaisée
ni rien n'y était

danda kiuá kisimbi
kalunga menha menha
mam'etu samba dia mungo
mam'etu menha menha

dirent les dieux les dieux à l'arcade feuleau
et soir et matin
un jour

les dieux dirent
que le suc-sémence des eaux
sous le feuleau
en un seul point se rejoint
pour que l'on voit le sec
et il fut ainsi

les dieux nommèrent terre le sec
et y ajoutant l'eau le nommèrent
calunga
et ils virent que c'était bon

les dieux dirent
essaime
le suc-semence des eaux
l'essaim de la vie
et vole l'oiseau sur la terre
face à l'arcade en feuleau

les dieux firent
des monstres marins
et toute vie rampante

só o mar liso e serenado
nada nem não havia

danda kiuá kisimbi
kalunga menha menha
mam'etu samba dia mungo
mam'etu menha menha

chamaram os deuses à arcada fogágua
e tarde e manhã
um dia

disseram os deuses
que o sumo-sêmen das águas
sob o fogágua
num só ponto se ajunte
pra vermos o seco
e assim foi

chamaram os deuses ao seco terra
e ao junto das águas chamaram
calunga
e viram que bom

disseram os deuses
enxameie
o sumo-sêmen das águas
o enxame da vida
e voe a ave sobre a terra
na cara da arcada em fogágua

fizeram os deuses
monstros marinhos
e toda vida rastejando

que le suc-semence des eaux
essaime chaque sorte
et l'oiseau volant de chaque sorte
et ils virent que c'était bon

les dieux les bénirent d'un adage
poussez et fructifiez
remplissez la semence des eaux
calunga
et que grandissent les oiseaux sur terre

ave noble sirène
dans les mers sans fin sans fin
ma mère et maîtresse du sel
mère du sel sans fin sans fin

et soir et matin
un jour

les dieux dirent
que les eaux aussi
tuent comme il se doit

la mer du dedans que nous portons ici
la mer du dehors que nous portons ici
le sel et l'eau
la chair et les pleurs
avec nous
en nous
avec nous

que o sumo-sêmen das águas
enxameia em cada tipo
e ave voando em cada tipo
e viram que bom

bendisseram os deuses num dito
cresçam e frutifiquem
e encham o sêmen das águas
calunga
e cresçam aves na terra

salve nobre sereia
nos mares sem fim sem fim
minha mãe e senhora do sal
mãe do sal sem fim sem fim

e tarde e manhã
um dia

disseram os deuses
que as águas também
devidamente matem

o mar de dentro que aqui levamos
o mar de fora que aqui levamos
o sal e a água
carne e choro
conosco
em nós
conosco

7

Outro toque de pita sobre a pedra
eu vi mamãe oxum na cachoeira
espuma feita sobre um fio d'água
sentada na beira do rio baque
de pano nobre sobre os dedos tesos
colhendo lírio lirulê baque
de rocha dura bate até que fura
colhendo lírio lirulá baque
de couro firme sobre osso e carne
colhendo lírio pra enfeitar nosso
congá nossa senhora do rosário
excelsa em água ouro em carne e ossos
mamãe oxum senhora dessas dores
lave nas mãos senhora este calvário

7

Autre frottement du savon sur la pierre
j'ai vu maman oshun dans la cascade
l'écume faite sur un filet d'eau
assise sur le bord du fleuve boum
le noble tissu sur les doigts tendus
cueillant la fleur de lys boum
de la roche dure bat jusqu'à ce qu'elle perce
cueillant la fleur de lys boum
en cuir ferme sur l'os et la chair
cueillant le lys pour décorer notre
conga notre dame du rosaire
celeste en aqua-or en chair et os
maman oshun dame de ces douleurs
maîtresse lave de tes mains ce calvaire

8

Secas, secas,
e águas ainda transbordam nas vertentes,
parcas aos fartos,
olho-d'água embrenhado no tempo;
são carrapatos
na serra, pedras
nos sapatos e botas
de homens descalços,
cadafalsos suspensos no mato,
que deixados de lado
nos dão seu laço, matas
cerradas no verde,
secas, secas
e o dedos se esticam
tantálicos.

Junto ao banquete
da terra que tudo dá,
demos um golpe nos deuses,
trocamos (e como?)
o manjar do divino,
sonhando comer ambrosia,
pelas carnes do filho
— Pélops grita no prato de assados,
logro logrado até as unhas,
o ombro jantado como jogo.

Troca de horror no horror,
tantálicos tentamos
as gotas do córrego
aos nossos pés,
está seco, está farto
dos termos que damos, farto
do esterco que somos na terra.

8

Sécheresses, sécheresses,
et les eaux transbordent toujours des torrents,
peu pour les repus,
source d'eau engouffrée dans le temps ;
ce sont des tics
à la montagne, des cailloux
dans les chaussures et les bottes
d'hommes pieds nus,
échafauds suspendus dans les bois
qui laissés de côté
nous donnent leur cordes, des forêts
encerclées de vert,
sècheresses, sècheresses
et les doigts s'étirent
tantaliques.

Proche du banquet
de la terre qui offre de tout,
nous avons assailli les dieux,
changé (et comment ?)
les mets du divin,
rêvant de manger l'ambroisie,
par la chair de son fils
— Pélops crie sur l'assiette de grillades,
trompeur trompé jusqu'aux ongles,
l'épaule dévoré comme un jeu.

Échanger l'horreur par l'horreur,
tantaliques nous tentons
les gouttes du ruisseau
à nos pieds,
il est sec, il est lassé
de recevoir ce que nous lui donnons, lassé
du fumier que nous sommes sur terre.

Secas, secas,
águas nos escapam,
invertam as ofertas, agora
estancam a peste em nossos dedos.

Sèches, sèches,
les eaux nous échappent,
inversent les offrandes, désormais
elles retiennent la peste dans nos doigts.

9

Depuis la peau, les pierres, les plantes,
nonchalemment émane
une vapeur neuve dans les cieux :
elle semble se passer d'un dieu,
quand lentement
            elle s'organise
                        — aérienne, grise,
                        songe de treille
                        or du jour —
dans le sens du courant
en un destin aveugle ;
songe d'êtres des hauts plateaux.

Le fleuve-nimbe sur les cimes,
moëlle suspendue contre les Andes,
dans une chaîne s'enchaîne,
menant une vie d'autrui
pour une étrange semaille :
pont de vent et d'eau,
temps de chair et de sable,
migre tant qu'il en chute,
                        du ciel par-dessus,
grenouilles, cailloux, branches
du ciel germinant
à l'envers sur les hommes.

9

Da pele, das pedras, das plantas
indisplicentemente emana
novo vapor aos céus:
parece prescindir de um deus,
quando com tempo
se organiza
— aéreo, cinza,
sonho de treliça
ouro do dia —
no fluxo da corrente
em sua sina cega;
sonho de seres no altiplano.

O rio-nimbo sobre as copas,
medula suspensa contra os Andes,
numa cadeia aqui se concatena,
levando vida alheia
para semeadura estranha:
ponte de vento e água,
tempo de carne e areia,
tanto migra até que tomba,
céu abaixo,
sapos, seixos, ramos
do céu brotando
avessos sobre os homens.

10

Entre cercas
desponta um olho-d'água,

entrementes
encontra sua estrada;

entre cercas
sobre pedras talhadas,

entrementes
descobre o fim da mata;

entre cercas
escorre ensimesmada

(entrementes
medida por estacas

entre cercas),
contaminada, nada.

10

Entre les clôtures
naît une source d'eau,

entre-temps
elle trouve sa route ;

entre les clôtures
sur les pierres taillées,

entre-temps
elle découvre la fin des bois ;

entre les clôtures
elle coule concentrée,

(entre-temps
délimitée par des piquets

entre clôtures),
contaminée, née.

a rio a rio a rio
ánde travessia
desastre acima
e cada égua que o diga

na mesma emboroaçao
actéon garuda exu
o cervo a águia o cao
num desígnio comum

11

a rio a rio a rio
árida travessia
desastre acima
e cada egum que o diga

na mesma embarcação
actéon garuda exu
o cervo a águia o cão
num destino comum

ainda arde em tudo
a ponta do pavio
água é também
encruza de rio

a lago a lago a lago
tudo que flui é charco
sobre o charque da carne
tudo que estanca é barco

da costa do marfim
ao bagne na guiana
um campo-santo afunda
de ossada cristalina

sobre os arranha-céus
um barco singra ainda
estranho o que anuncia
além da própria sina?

a mar a mar a mar
ainda resta em tudo
a gente de luzia
ainda resta em tudo

11

à rive à rive à rive
aride traversée
désastre vers le haut
et chaque egum qui l'annonce

dans la même embarcation
actéon garuda eshu
le cerf l'aigle le chien
en un destin commun

partout elle brûle encore
la pointe de la mêche
l'eau est aussi
croisée des fleuves

au lac au lac au lac
tout ce qui coule est étang
sur l'étendue de la chair
tout ce qui étanche est bateau

de la côte d'ivoire
aux bagnes en guyane
coule un cimetière
d'ossement cristallin

au-dessus des gratte-ciel
un bateau vogue encore
quelle étrange présage
au-delà de son destin ?

en mer en mer en mer
aimer demeure en tout
le peuple de luzia
encore demeure en tout

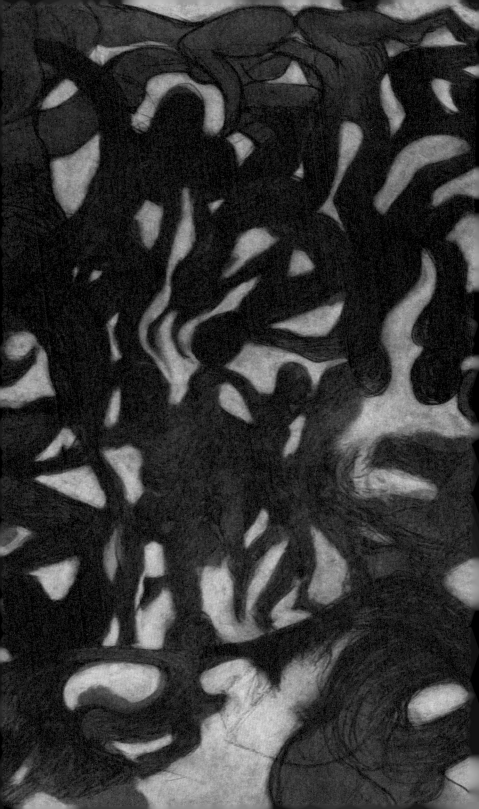

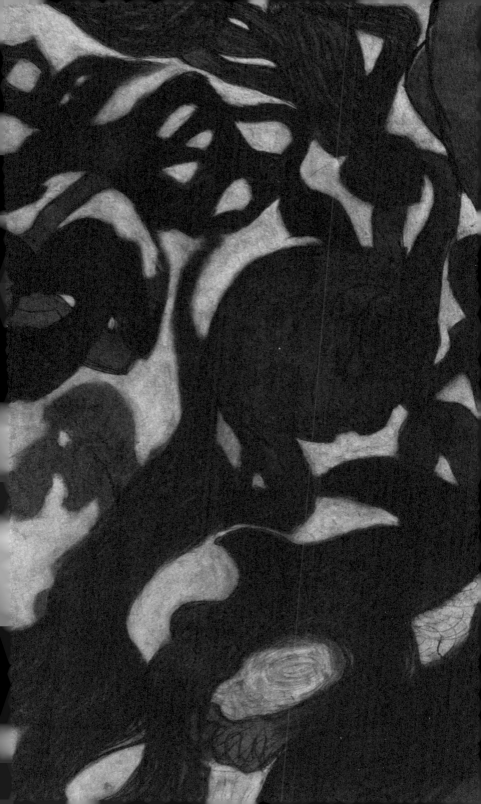

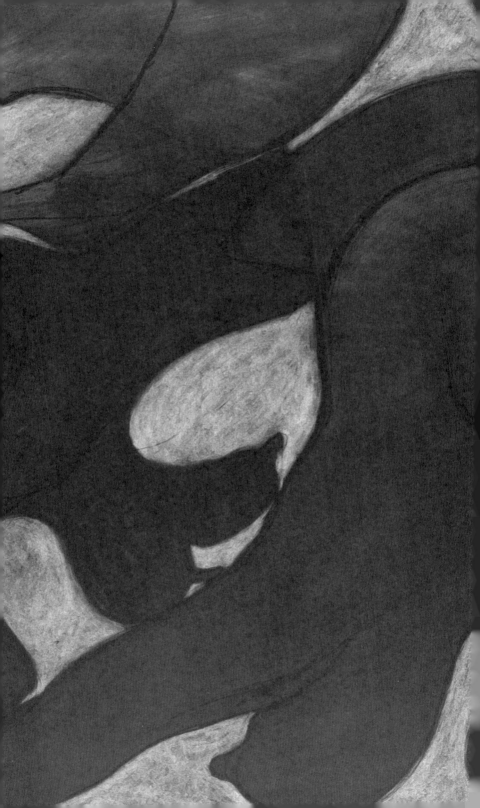

12

ai como fere fundo
o falo de bará

senhor de corpo e fala
e corte na cabeça

a fio de faca
a fio de faca

na dor dos lacerados
seios de iemanjá

que agora mãe e amada
no sangue e na salmoura

fez   faz   fará
crescer em si um mar

um rio
um mar

o leite
o leito

a nossa
a sina

a de
odoiá

12

oh qu'il s'enfonce en profondeur
le phallus de bara

maître du corps et de la parole
un tranchant sur la tête

lame de coûteau
lame de coûteau

dans la douleur des lacérés
seins de iémanja

qui à présent mère et aimée
dans le sang et la saumure

elle fit elle fait elle fera
grandir en lui la mer

un fleuve
une mère

le lait
le lit

le nôtre
le sort

celui
d'odoya

ainda arde em tudo
a ponta do pavio
água é também
encruza do rio

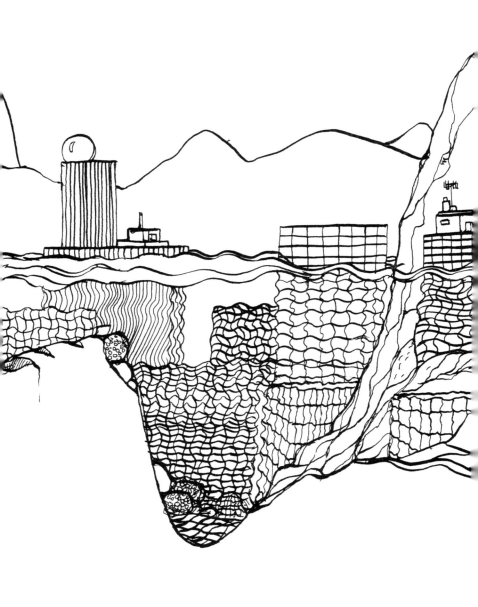

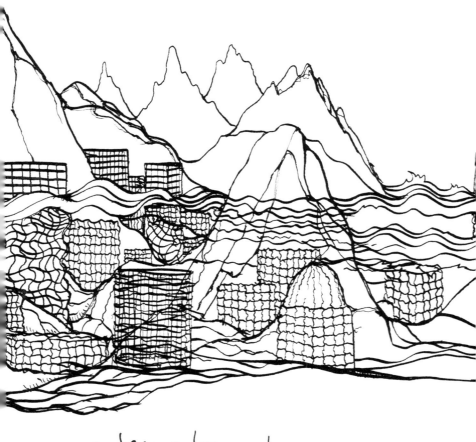

a lago a lago a lago
tudo que flui é charco
sobre o charque da carne
tudo que estanca é barco

13

princípio e fim
magoada terra
capim de si
se encerra e nada
em si deságua
a cada rípio

água parada

a cada rípio
em si deságua
se encerra e nada
capim de si
magoada terra
princípio e fim

13

début et fin
terre blessée
herbe de soi
se ferme et rien
en soi ne déverse
à chaque gravier

eau stagnante

à chaque gravier
en soi ne déverse
se ferme et rien
herbe de soi
terre blessée
début et fin

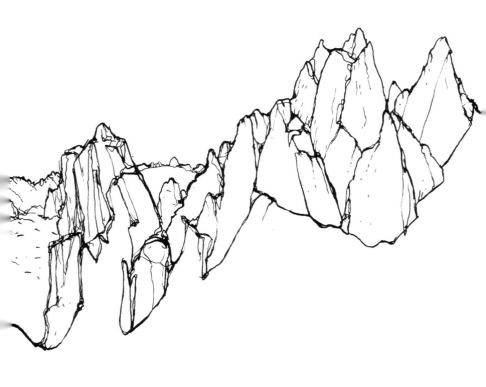

a mar a mar a mar
ainda resta em tudo
a gente da língua
ainda resta em tudo

NOTAS

Poema 1

Na base da Serra de São José nasce um olho-d'água, que desce por um aqueduto arcaico feito de pedras repletas de limo, em meio ao Bosque Mãe D'Água, até chegar ao Chafariz São José, onde tradicionalmente as lavadeiras pobres de Tiradentes, quase sempre negras, trabalhavam, usando a folha da pita como uma espécie de sabão. O Chafariz foi também, por muito tempo, a principal fonte de água pública da cidade num mundo ainda sem encanamentos.

Logo adiante, este filete de água se encontra com o Ribeirão Santo Antônio, que atravessa toda parte baixa de Tiradentes, cidade que parece erigida como que a lhe dar sempre as costas, formando duas costas, em vez de duas frentes. O ribeirão, no entanto, segue seu curso e corre por tudo, passando por baixo de pontos importantes e centrais, como Ponte das Forras, junto ao Largo das Forras, um antigo centro de venda humana, e depois, com a Lei Áurea de 1888, ponto de entrega das cartas de alforria.

Por fim, o Ribeirão Santo Antônio dá no Rio das Mortes, que nasce na Serra da Mantiqueira e guarda histórias diversas para o seu nome: talvez pelos muitos indígenas, bandeirantes, aventureiros e soldados mortos na Guerra dos Emboabas, ou simplesmente porque muitas pessoas morreram afogadas tentando atravessar o rio caudaloso com os bolsos cheios de ouro, para não pagar os altos impostos da Coroa portuguesa.

Essa segunda versão faz com que reparemos na estrutura geográfica de Tiradentes: ao fundo, a cidade é cercada pela mata densa e pelas pedras íngremes, num verdadeiro paredão, da Serra de São José. Pela frente, é cercada pelo Rio das Mortes. Sua única saída eram as pontes e estradas da Coroa, que cobrava impostos pesados. Enfim, a cidade não deixa de ser uma prisão e um ponto

NOTES

Poème 1

Au pied de la Montagne de São José naît une source dont l'eau descend par un vieil aqueduc en pierre recouvert de mousse, au milieu du Bois de la Mère d'Eau, jusqu'à la Fontaine São José, où traditionnellement les lavandières de Tiradentes, pauvres et pour la plupart noires, travaillaient en se servant de la feuille de pita, l'agave américaine, comme d'une sorte de savon. La fontaine a longtemps été la principale source d'eau publique de la ville, dans un monde encore sans canalisation.

Plus loin, ce filet d'eau plonge dans le Ruisseau Santo Antônio qui traverse toute la partie basse de la ville de Tiradentes. Cette dernière semble toujours tourner le dos à la rivière, formant ainsi deux dos, plutôt que de deux façades. Toutefois, le ruisseau suit son cours et coule abondamment, passant sous des repères importants de la ville, tels que le Pont des Affranchis, ainsi que la Place des Affranchis, un ancien centre de trafic d'êtres humains, qui devint par la suite, à l'apparition de la Loi Aurea en 1888, le lieu de remise des lettres de délivrance.

Finalement, le Ruisseau Santo Antonio se jette dans le Fleuve des Morts qui naît dans la Montagne de la Mantiqueira et évoque différentes histoires liées à son nom : peut-être à cause de nombreux Indiens, *bandeirantes*, aventuriers et soldats morts à la guerre des Emboabas, ou simplement parce que de nombreuses personnes sont ceux qui y sont morts, noyées, les poches pleines d'or, après avoir essayé de traverser le fleuve méfiant, afin de ne pas payer d'impôts à la Cour portugaise.

Cette seconde version atteste la structure géographique de Tiradentes ; au fond, la ville est entourée d'une végétation dense, de roches acérées formant une véritable muraille, de la Montagne de Saint José. Sur le devant, elle est entourée du Fleuve des Morts. Son

de coleta de impostos, de exploração humana e natural, que
concentra em si muito da história colonial brasileira, mas também
contemporânea, com todas suas contradições.

Poema 2

O ciclo da lavagem do ouro para extração, longe de estar
terminado nas mortes antigas, perdura no ciclo moderno da
mineração que fez toda a história de Minas Gerais e se desdobra
de modo inequívoco no presente com os dois desastres recentes
sob responsabilidade da Vale S.A.: o rompimento da barragem
de Fundão, em Mariana, em 5 de novembro de 2015, que deixou
18 mortos e 1 desaparecido, além de praticamente assassinar
o Rio Doce e toda a vida que dele dependia ao longo de 230
municípios até desaguar no mar; e o rompimento da barragem de
Brumadinho, em 25 de janeiro de 2019, que deixou 270 mortos e 6
desaparecido, contaminando o Rio Paraopeba e o São Francisco,
também afetando toda a vida ao redor.

Poema 3

Ἄριστον μὲν ὕδωρ, aqui transformado num mantra, são as
primeiras palavras do primeiro poema das *Odes Olímpicas* do
poeta grego Píndaro de Tebas (séc. V a.C.); provavelmente eram as
primeiras palavras da edição completa de sua poesia organizada
no período helenístico (séc. III a.C.), o que parece comportar uma
sabedoria imensa. Diz ele, "Melhor é a água, mas o ouro, / fogo
aceso noite afora, / excede de riqueza." Sim, ouro é riqueza, mas
água sempre o supera: água, palavra primeira.

Poema 4

O poema conta a história do tráfico ilegal de ouro e tenta, num só
gesto, explicitar três expressões brasileiras:

unique issue donnait sur les ponts et les routes de la Cour portugaise, qui faisait payer de lourds impôts. Enfin, la ville n'en demeure pas moins une prison et un lieu de collecte d'impôts, d'exploration humaine et naturelle, qui concentre en elle de nombreuses histoires du temps de la colonisation au Brésil, mais aussi des contemporaines, dans toutes leurs contradictions.

Poème 2

Le cycle de lavage dans le processus d'extraction de l'or, loin de mettre un terme aux morts passées, perdure dans le cycle moderne de exploitaion minière qui constitue toute l'histoire de la province de Minas Gerais et se decline incontestablement dans le présent à cause de deux désastres récents dont l'entreprise de la Vale S.A est la responsable : la rupture du barrage du Fundão, à Mariana, le 5 novembre 2015, qui a fait 18 morts et un disparu, plus qu'un massacre du Fleuve Rio Doce, pour ainsi dire, ainsi que tout son écosystème affecté le long de 230 villages jusqu'à son embouchure dans la mer ; et la rupture du barrage de Brumadinho, le 25 janvier 2019, qui a fait plus de 270 morts et 6 disparus, a contaminé le Fleuve Paraopeba et le São Francisco, affectant aussi toute la vie environnante.

Poème 3

Ἄριστον μὲν ὕδωρ, ici transformé en mantra, sont les principales paroles du premier poème des *Odes Olympiques* inventé par le poète grec Pindare de Thèbes (Ve siècle av. J-C). C'était sûrement les premières paroles de l'édition complète de ses poèmes, organisée à la période hellénistique (IIIe siècle av. J-C), qui font toujours preuve d'une immense sagesse. Il y est dit : "L'eau est meilleure, mais l'or, / ce feu allumé toute la nuit, / excède de richesse". Oui, l'or est richesse, mais l'eau le dépasse toujours : l'eau, mot premier.

Poème 4

Ce poème retrace une histoire de trafic d'or illégal et évoque, en un seul mouvement, trois expressions brésiliennes :

1. O nome do Rio das Mortes (cf. nota ao Poema 1).

2. "Lavar a égua", que designa "ter um bom momento", mas vem da prática de esconder ouro no pelo das éguas e depois lavá-las para recolher o pó dessa riqueza, após atravessar os impostos da Coroa.

3. "Santo do pau oco", que designa o hipócrita religioso, a partir da prática de ocultar ouro dentro de imagens de madeira ocas e assim escapar dos impostos.

Poema 5

Os dados apresentados no poema são coletados de fontes diversas, com bases científicas. A fábula americana é tirada de David Foster Wallace, *Isto é água*. A sino-americana é tirada de uma entrevista de Bruce Lee.

Poema 6

Este poema é um composto tradutório, que envolve a abertura do *Gênesis* da *Bíblia Hebraica*, o *Ayvu Rapyta* dos Guarani Mbyá, a cosmogonia suméria do *Enuma Elish*, a origem do mundo segundo os maia-quiché no *Popol Vuh*, o imaginário aquático do surgimento do mundo entre os antigos egípcios e um canto de matriz africana congo-angola recriado no Brasil. Em todas essas tradições, a água é um princípio do mundo, de algum modo.

Poema 7

A população negra escravizada em Tiradentes chegou a 70% no

1. Le nom du Fleuve des Morts (Cf. note du poème 1).

2. "Lavar a égua" [littéralement, "laver la jument"] qui signifie passer un bon moment, vient pourtant de la pratique de cacher de l'or dans les poils des juments, puis de les laver pour recueillir la poudre de cette richesse, après s'être livré des impôts de la Couronne.

3."Santo do pau oco" [littéralement, "le saint du bois creux"] désigne l'hypocrite religieux, et fait référence à une pratique qui consiste à cacher de l'or à l'intérieur d'images saintes en bois creux, pour échapper aux impôts.

Poème 5
Les données présentées dans le poème sont recueillies à partir de différentes sources scientifiques. La fable américaine est tirée de David Foster Wallace, *C'est de l'eau*. La sino-américaine est tirée d'un entretien de Bruce Lee.

NdT: Méduse se dit en portugais água-viva [littéralement, eau-vive], un mot-valise qui suscite un jeu de langage entre l'élément aquatique et la vie.

Poème 6
Ce poème est composé de plusieurs traductions, qui comprend l'ouverture de la *Genèse* de la *Bible Hébraïque*, *Ayvu Rapyta* des Guarani Mbyá, la cosmogonie sumérienne d'*Enuma Elish*, l'origine du monde selon les Maya-Quiché du *Popol Vuh*, l'imaginaire aquatique de la naissance du monde chez les Égyptiens anciens et le chant de la matrice africaine Congo-Angola, recréé au Brésil. D'une certaine façon, parmi toutes ces traditions, l'eau est un principe du monde.

Poème 7
La population noire réduite en esclavage à Tiradentes a atteint 70%

começo do século XIX, e isso deixa marcas várias na vida como um todo: de sincretismo criativo e vivo, sim, mas também de violência.

Oxum é uma divindade iorubana, no Brasil associada às águas doces (por vezes identificada com o inquice Quissimbi). Em algumas regiões do país ela foi associada a Nossa Senhora das Dores, padroeira de Minas Gerais, que recebe seu nome pelo momento de Maria encontrando seu filho Jesus na cruz. O poema, então, cruza o calvário das lavadeiras pretas e pobres no Chafariz São José com os cantos típicos das religiões de matriz africana no Brasil, como é o caso de "Eu vi mamãe Oxum" aqui entremeado ("congá" designa o altar).

O vínculo das religiões e do sofrimento negro, por meio das águas, não deixa de lembrar a história da Igreja Nossa Senhora do Rosário dos Pretos, a igreja mais antiga de Tiradentes, feita pelos escravizados para seu próprio culto, sendo uma das poucas igrejas negras que contêm ouro de fato

Poema 8

O Brasil é um país ainda repleto de matas e rios, mas padece de uma dupla seca: por um lado, a seca real de regiões áridas e desérticas, que vem se ampliando com o desmatamento; por outro a falta de água por contaminação do solo e dos rios. No segundo caso, é possível pensar na punição de Tântalo, segundo o mito grego: o rei Tântalo, querendo enganar os deuses num banquete e comer a ambrosia divina para se tornar imortal, matou o próprio filho Pélops, cozinhou suas carnes picotadas e o serviu, sem dizer nada; os deuses, porém descobriram o logro, ressuscitaram o jovem (apenas seu ombro tinha sido engolido, sendo trocado por uma peça de marfim) e puniram o pai, fazendo com que ficasse eternamente condenado a ter sede ao lado de um rio que seca quando ele busca a água, e a ter fome ao

au début du XIXe siècle et cela entraîne une série de conséquences pour la vie dans son ensemble : dans le synchrétisme créatif et vivant, bien sûr, mais aussi en terme de violence.

Au Brésil, Oshun est une divinité de la culture Yoruba, associée aux eaux douces (parfois identifiée comme la divinité Quissimbi). Dans certaines régions du pays, elle a été associée à Notre-Dame des Douleurs, patronne de Minas Gerais, qui a reçu son nom au moment où la Vierge Marie trouve son fils Jésus sur la croix. Le poème allie donc le calvaire des lavandières noires et pauvres à la Fontaine São José avec les chants typiques des religions d'origine africaine au Brésil, que l'on retrouve notamment dans "J'ai vu maman Oshun", ici entrecoupé ("conga" désigne l'autel).

Le lien entre les religions et la souffrance des Noirs, au contact des eaux, n'est pas sans rappeler l'histoire de l'Église Notre-Dame du Rosaire des Noirs, l'église la plus ancienne de Tiradentes, construite par les esclaves pour leur propre culte, l'une des rares églises noires qui possèdent réellement de l'or.

Poème 8

Le Brésil est un pays encore marqué par la luxuriance des forêts et l'abondance des fleuves, il souffre pourtant d'une double sécheresse. D'un côté, la sécheresse réelle de régions arides et désertiques, qui s'intensifie avec le déboisement ; d'un autre, le manque d'eau par contamination du sol et des fleuves. Dans ce dernier cas, il est possible de penser à la punition de Tantale selon le mythe grec. Le roi Tantale voulait tromper les dieux dans un banquet et manger de l'ambroisie divine pour devenir immortel, tua son propre fils Pélops, cuisina sa chair découpées en petits morceaux et la servit, sans rien dire ; les dieux découvrirent pourtant la supercherie, ressuscitèrent le jeune homme (seule son épaule avait été avalée, et a été échangée avec une pièce d'ivoire), et pour punir son père, firent en sorte qu'il reste éternellement condamné à la soif à côté d'un fleuve qui sèche, et

lado de frutos cujos galhos recuam quanto ele tenta alcançá-los.

Poema 9

O poema cruza dois fatos vinculados à água, porém pouco lembrados pela maioria de nós. Por um lado, existem verdadeiros rios aéreos, os Rios Voadores, fundamentais para a preservação de vários ecossistemas; um deles surge no Brasil, sob a forma de *evapotranspiração*, toma forma acima da Amazônia e segue para a América do Norte, levando água e formas de vida.

Outro é a chuva de animais, que muitos consideravam ser lenda, no entanto é um fenômeno efetivo, apesar de raro. Os animais, capturados por tornados, acabam sendo levados num rio voador, até que desabam junto com a chuva, caindo peixes, sapos, pássaros, alguns ainda vivos, outros mortos ou mesmo congelados, num acontecimento natural violento.

Poema 10

O que se vê do olho-d'água nascido na Serra de São José até o Ribeirão Santo Antônio é um resumo da água doce no Brasil: em menos de um quilômetro ele já foi contaminado, quase natimorto; mesmo assim, alguma vida ali floresce. Tiradentes continua sem serviço de esgoto até o presente.

Poema 11

Feito totalmente a partir do desenho de François Andes, que representa Actéon (caçador grego transformado em caça e devorado por seus cães), Garuda (águia solar montada por Vishnu no induísmo) e Exu (orixá mensageiro dos iorubás) num mesmo barco atravessando um desastre quase surrealista, que cruza religiões, tempos e espaços.

à la faim à côté de fruits dont les branches reculent quand il essaie de les atteindre.

Poème 9

Dans le poème, deux éléments liés à l'eau se mêlent, dont la plupart d'entre nous ne se souvient pourtant pas. D'un côté, il existe de vrais fleuves aériens, les Fleuves Volants, essentiels à la préservation de différents écosystèmes ; l'un d'eux apparaît au Brésil, sous la forme d'évapotranspiration, celle-ci prend forme au-dessus de l'Amazonie et suit son cours vers l'Amérique du Nord, transportant de l'eau et des modes de vie.

Le second élément relève de la pluie d'animaux, que beaucoup considéraient légendaires. Bien que rare, c'est pourtant bel et bien un phénomène réel. Les animaux, saisis par des tornades, ont fini par être enlevés par un fleuve volant, jusqu'à ce qu'ils retombent avec la pluie, poissons, grenouilles, oiseaux, certains encore vivants, d'autres morts ou même congelés à la suite de ce violent événement naturel.

Poème 10

Ce que l'on voit du Ruisseau Santo Antonio qui prend sa source dans la Montagne de São José résume le trajet de l'eau douce au Brésil : en moins d'un kilomètre, il a déjà été contaminé, mort presque dès la naissance. Néanmoins, une certaine vie s'épanouit à cet endroit. Tiradentes ne possède toujours pas de service d'assainissement des eaux usées jusqu'à aujourd'hui.

Poème 11

Il est écrit entièrement à partir du dessin de François Andes, qui représente Actéon (chasseur grec transformé en cerf et dévoré par ses chiens), Garuda (aigle solaire monté par Vishnu dans l'hindouïsme) et Eshu (orisha messager des Yorubas), qui dans le même bateau, passent au travers d'un désastre presque surréaliste, mêlé de péripéties religieuses, temporelles et spatiales.

A Costa do Marfim, na costa ocidental da África, foi um ponto de intenso tráfico de escravos e marfim durante o período colonial; primeiro em mão dos portugueses, mas também dos franceses. O *bagne* da Guiana era uma prisão para condenados políticos depois da Revolução Francesa, que eram tratados ali de modo absolutamente violento.

Luzia é o fóssil humano mais antigo já encontrado na América do Sul, datado em cerca de 13 mil anos. É o fóssil de uma mulher, e estudos apontam traços negroides, que alteraram em muito a narrativa pré-histórica da chegada humana às Américas. Seu crânio quase se perdeu nos escombros do Museu Nacional, incendiado em 2 de setembro de 2018, porém foi recuperado.

Poema 12

Este poema é feito a partir de um itã iorubano, que conta como Exu Bará, um dos filhos de Iemanjá, se apaixonou por ela e a estuprou; na violência da luta, ele lacerou os seios da mãe. Dali e do seu pranto saíram as águas salgadas dos mares. Exu fugiu envergonhado e, punido, se tornou o guardião, sem poder se sentar à mesa dos orixás.

Para entender alguns detalhes, Exu é representado com uma cabeça em forma de lâmina, de modo que não se pode colocar nada em cima dela. Ele também é uma divindade fálica, fundamental para a fertilidade. Odoiá" é uma saudação a Iemanjá, com o sentido de "Mãe das Águas".

Poema 13

Água parada é perigo para a saúde, tanto por contaminação sem fluxo, quanto pela proliferação de mosquitos como o Aedes Aegypti, transmissor de doenças como dengue e outras. Mas água parada somos também nós, a vida que se desdobra da água corrente.

La Côte d'Ivoire, en Afrique occidentale, a été un point d'intense trafic d'esclaves et d'ivoire pendant toute l'époque coloniale, d'abord mené par les Portugais, mais aussi par des Français. *Le bagne* de la Guyane était une prison destinée aux condamnés politiques après la Révolution Française, ces derniers recevaient des traitements extrêmement violents.

Luzia est le fossile humain le plus ancien retrouvé dans l'Amérique du Sud, il date d'environ 13 mille ans. C'est le fossile d'une femme et les études montrent qu'elle possédait des traits négroïdes, ce qui changeait en tous points les récits sur l'apparition de l'humain à la Préhistoire. Son crâne a failli disparaître lors de l'incendie du Musée National de Rio de Janeiro, le 2 septembre 2018, mais on a réussi à le sauver.

Poème 12

Ce poème est construit à partir d'un itan Yoruba, qui raconte comment Eshu Bara, l'un des fils de Iémanja est tombé amoureux d'elle et la viola. C'est dans la violence de leur lutte qu'il lacéra la poitrine de sa mère. De cette blessure et de ses pleurs jaillirent les eaux salées des mers. Tout éhonté et puni, Eshu fuit et devint gardien, perdant ainsi le droit de s'asseoir à la table des Orishas.

Pour comprendre certains détails, Eshu est représenté avec une tête en forme de lame, de façon à ce que l'on ne puisse rien mettre au-dessus de lui. Il est aussi une divinité phallique, fondamentale à la fertilité. "Odoya" est une salutation à Iémanja, qui signifie "Mère des Eaux".

Poème 13

L'eau immobile est dangereuse pour la santé, aussi bien pour la contamination de l'eau stagnante que pour la prolifération de moustiques tels que l'Aedes Aegypti, vecteurs de maladies comme la dengue ou autre. Mais de l'eau stagnante nous aussi en faisons partie, la vie se dédouble sous l'eau qui coule.

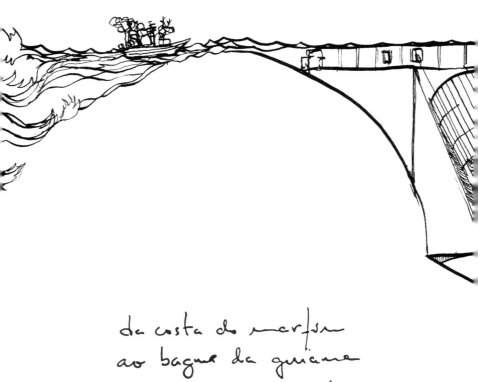

da costa do marfim
ao bagne da guiana
um campo-santo afunda
de armada cristalina

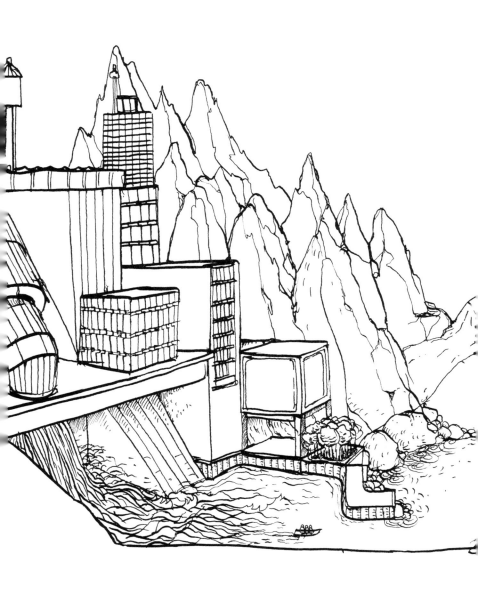

sobre os arranha-céus
um barco singra ainda
estranho o que anuncia
além da própria sina?

Foto/Image Marlon de Paula

François Andes vive e trabalha em Lille (França). Em 2015, foi artista residente da Capital Europeia da Cultura, em Mons (Bélgica). Artista principal do Salão Internacional do Desenho Contemporâneo *DDessinParis17* (Paris), participa frequentemente de residências em prestigiados centros de arte contemporânea, entre os quais destacam-se o Instituto Francês de Tétouan (Marrocos), a Villa Saigon (Cidade de Ho-Chi Minh, Vietnã), o Museu Bispo do Rosário Arte Contemporânea (Rio de Janeiro, Brasil) e a Fundação With Artist (Heiry, Coreia do Sul). Em 2019, ele criou os elementos cênicos e figurinos para o espetáculo *BWV 988: Trinta possibilidades de transgressão*, que estreou no Teatro Plínio Marcos, Brasília (Brasil). Recentemente, seu trabalho foi exibido na Quynh Gallery (Cidade de Ho-Chi Minh), no Centro Cultural Coreano em Paris, no Museu Oscar Niemeyer e na Celma Albuquerque Galeria de Arte. Em 2022, a exposição individual *Os sonhos Aquários* apresenta o seu trabalho no Labanque - Centro de Artes Visuais, em Béthune (França).

François Andes vit et travaille à Lille. En 2015, il était artiste en résidence à Mons Capitale Européenne de la Culture. Artiste « Coup de Cœur » du salon international du dessin contemporain *DDessinParis17*, il était invité dernièrement en résidence artistique à l'Institut Français de Tétouan, à la Villa Saigon au Vietnam, au Musée Bispo do Rosário Art Contemporain de Rio de Janeiro et à la With Artist Foundation en Corée du Sud. En 2019, il réalisa le scénario et les costumes du spectacle *BWV 988 : Trinte possibilités de transgression*, présenté au Teatro Plínio Marcos, Brasília (Brésil). Son travail a été présenté récemment à la Quynh Gallery à Ho-Chi Minh Ville (Vietnam), au Centre Culturel Coréen à Paris, au Musée Oscar Niemeyer (Brésil) et à la Galerie Celma Albuquerque. En 2022, son oeuvre est aussi sujet de l'exposition monographique *Les Rêves Aquariums*, présentée à Labanque, Centre d'Arts Visuels à Béthune (France). (France).

Nascido em 1984, **Guilherme Gontijo Flores** é poeta, tradutor e professor na Universidade Federal do Paraná. É cofundador e coeditor do blog e revista *escamandro* e membro do grupo Pecora Loca, dedicado a poesia e performance e(m) tradução. Publicou os livros *brasa enganosa* (2013), *Tróiades* (www.troiades.com.br, site em 2014, impresso em 2015), *l'azur Blasé* (2016) e *Naharia* (2017), que formam a tetralogia poética reunida em *Todos os nomes que talvez tivéssemos* (2020), e também *carvão :: capim* (2017, Portugal; 2018, Brasil), *Arcano 13* (2022, em parceria com Marcelo Ariel) e *Potlatch* (2022), além do romance *História de Joia* (2019). Realizou o projeto *Coestelário* em parceria com Daniel Kondo, com poemas visuais em homenagens aos mortos de 2020; em parceria com Kondo publicou também o poema visual *A Mancha* (2020). Publicou traduções de obras de Rainer Maria Rilke, Robert Burton, Safo, Stéphane Mallarmé, Horácio, Paul Celan e François Rabelais.

Foto/Image Marlon de Paula

Né en 1984, **Guilherme Gontijo Flore**s est poète, traducteur et professeur à l'Université du Paraná. Il est co-fondateur et co-éditeur du blog et magazine *escamandro* et membre du groupe Pecora Loca. Il a publié les livres *Braise trompeuse* (2013), *Troiades, l'azur Blasé* (2016) et *Naharia* (2017), réunis dans la tétralogie *Tous les noms que nous auriont pu avoir*, mais aussi *charbon :: gazon* (2017, Portugal ; 2018, Brésil), *Arcane 13* (2022, en collaboration avec Marcelo Ariel) et *Potlatch* (2022) , en plus du roman *Histoire de Joia* (2019). Il a créé le projet *Coestelário* en collaboration avec Daniel Kondo, avec des poèmes visuels en l'honneur des personnes décédées en 2020 ; en partenariat avec Kondo, il a également publié le poème visuel *La Tâche* (2020). Comme traducteur, il a publié au Brésil des traductions de plusieurs ouvrages de Rainer Maria Rilke, Robert Burton, Sappho Stéphane Mallarmé, Horace, Paul Celan et François Rabelais.

Entre costas duplicadas desce um rio
Entre deux échines descend un fleuve

Os desenhos e poemas que integram esse volume foram realizados a partir de um período de residência artística na 9ª edição do Festival Artes Vertentes, entre 26 de novembro e 6 de dezembro de 2020.
Les dessins et poèmes qui composent ce volume ont été réalisés à partir d'une période de résidence artistique lors de la 9ème édition du Festival Artes Vertentes, entre le 26 novembre et le 6 décembre 2020.

Desenhos | *Dessins*
François Andes

Poemas | *Poèmes*
Guilherme Gontijo Flores

Curadoria | *Commissariat*
Luiz Gustavo Carvalho

Tradução | *Traduction*
Emilie Audigier

Fotografia das obras | *Photographie des oeuvres*
Marcello Kawase

Produção | *Production*
Ars et Vita (Brasil | Brésil) et **Labanque** (França / France)

Residência realizada com o apoio da Região Hauts de France / Institut Français e do Labanque
Résidence réalisée avec l'aide de la Bourse d'Aide à la Création de la Région Hauts de France / Institut français et de Labanque.

Título dos desenhos

Pages | Páginas 6, 7, 12, 13, 16, 17, 22, 23, 28 - 31.
Rivière sans retour | **Rio sem retorno**, 2020/2021
Pigment coréen sur papier Henji | Pigmento coreano sobre papel Henji
Couverture réalisée en bois par Marco Ajeje | Capa e cobertura realizada em madeira por Marco Ajeje
20 x 364 cm

Pages | Páginas 50 - 55.
Les larmes de l'océan couleront dans ce jardin | **As lágrimas do oceano escorrerão sobre este jardim**, 2018
Encre sur papier Canson | Nanquim sobre papel Canson
88 x 30 cm

Pages | Páginas 56, 61.
Rivière Egungun | **Rio Egungun**, 2018
Graphite sur papier Fabriano | Grafite sobre papel Fabriano
88 x 30 cm

Pages | Páginas 38 -43, 64, 65, 70, 71, 74, 75, 78 - 79.
Rivière des Morts | **Rio das Mortes**, 2020/2021
Pigment coréen sur papier Henji | Pigmento coreano sobre papel Henji
Couverture réalisée en bois par Marco Ajeje | Capa e cobertura realizada em madeira por Marco Ajeje
20 x 364 cm

Pages | Páginas 1, 80 - 83, 94 - 97, 100, 101, 114 - 117, 122, 123, 126 - 128.
Les mondes submergés | **Os Mundos submersos**, 2021
Encre sur papier Canson | Nanquim sobre papel Canson
29 x 685 cm

Pages | Páginas 86 - 91.
L'origine de l'eau | **A origem da Água**, 2021
Fusain sur papier Canson | Carvão sobre papel Canson
374 x 90 cm

Impressão: Maxi Gráfica
Tiragem: 1.000 exemplares
Tipografia: Minion Pro
Papel: offset 120 g/m^2